一面の静寂

清水　茂

舷燈社

3 octobre '72 S. Singer
à Penmarc'h en Bretagne

一面の静寂

I

薄曇りの空の下

ほら　ご覧よ、　薄曇りの空の下、
今日は穏かな早春の気が漂っている。
私たちの小さな庭に　いつの頃からか住み着いた
クリスマス・ローズがすこし恥しげに
顔を伏せたまま　それでも頭を擡げている、
生れたばかりの光に
最初の挨拶をしそびれないようにと。
石段の傍らの柵に凭れかかって
自分も忘れまいと　オウバイが身を乗り出し
明るい金いろの瞼をそっと開いてみている。

それから　小さい可憐なマツユキソウも……

蘇りの時が戻って来たのだ、
世界には溢れかえるほどの悲歎が
いつも流氷のように漂っていて、
いまもその傷みの疼きが地表から
消えることはないが、それでも
この一刻は　自然の動きのリズムに
心を添わせて生きていたい。
身を裂くほどの風が　繰り返し
襲いかかってくることがあっても
ともかくも　静かで十全な一瞬を
いまはともに生きたいと願う。

過ぎていった季節が連れ去ったのか、
もう芽吹かない枝がそこここに見られる。
また幾人か懐かしい人たちが消えていった。
私たちはこの地上にあって、すでに
どれほどの別れを重ねてきたことか。そして
ほどなく自分にもそんな最後の日が来る。
それまでは　新しい光のなかの
なお幾つかの新しい芽生えを　どんな植物かは
知らないままにも　ともに見ていたいと思う。
小さな、幼い生命が育ってゆくのを
見ていたいとも思う、こんなにも穏かに
早春の気が漂っているのだから。

空が詩人になったかのよう

ながい忍耐の日々が過ぎて
萌え立つ新緑の季節だというのに
今日は朝から重くて湿っぽい霙、
ときどきそれがふいに軽やかになり
雪にかわる。いまは午前十時過ぎ、
雪片は白い薔薇の花びらほどの大きさだ。
それも頻りに舞い落ちてくる。
あの高いところで誰が庭仕事をしているのか、
想いがけない花の訪れに
地上の植物たちが何の異変かと驚いて、

思わず身を縮めながらも、
空を見上げているのがそれとわかる。
唐突に空が詩人になったかのよう……

夢だったのか

夢だったのか、始発駅から発車する僅かに三輛連結の電車に押し込まれるようにして乗ったのに、なぜか電車はすぐに停ってしまった。何処の駅なのか、ごった返すフォームに降り立ったが、車内に忘れてきたのか、それとも見失ったのか、私はいつものステッキをもう持っていなかった。ショルダーバッグは誰が開けたのか、ほとんどなかはからっぽだった。

私は歩きはじめた。家に帰ろうとしたのだろうか。だが　自分の家が何処にあるのか、もう私は知らなかった。駅舎はいまや廃屋のようであり、周辺の建物も同じようだった。日増しに空襲が激しくなってきたために、強制的に取り壊されたのだと私は知っていた。ところどころに　それでも人が残っていた。ひどく憔悴した様子で　それぞれに誰かを捜しているふうだった。

どうやら私は道を間違えたらしく、いつの間にか遥か遠方に来ていた。居合わせた人に訊ねると、――「あなたは北西の方向に何処までも歩かなければならない」と教えられた。仕方なしにまた私は歩きはじめた。線路の枕木を繰り返し数え、幾つもの鉄橋を渡った。寒さと空腹。脚の痛みはほとんど耐え難かった。

すでに夕暮れ近かった。いたるところ　屋敷跡にも路上にも焼け焦げた木材が散乱していたが、不思議にすべてが木材で、コンクリートや鉄材などの破片はなかった。見渡す限りが崩れ落ちた建物だった。それらすべての毀れた跡を乗り越えて、私は往きつくべきところまで、ただひたすら歩かなければならないと思い、また歩きはじめた。

それからすぐに二人の男に出会った。黒っぽい帽子を被った一人がすこしきつい口調で、――「誰の責任だと思うか」と私に訊ねた。「いまはそのことよりも、このすべてを造り直すことのほうが先だ」と私は答えた。そこで目が醒めたのか、ひどい疲労感、何故この夢をみたのか。もう一度　夢のなかに戻ることがあれば、何処に希望の徴を私は捜し当てることができるのか。あどけない子どもの笑顔に出会うことはあるのか。

すべてはそんなふうだ

春、三月から四月のはじめに、あんなにも美しく萌え出た若葉が、いまでは役割を終えて、大地に還ろうとしている。乾いて、すこし縮んで、疲れきって。おそらく　すべてはそんなふうだ。去っていった友らのことを想う。彼らの明るい笑顔、彼女らの生真面目な誠実さ、いなくなった人たちの声が冷たい空気のなかに聞えている、何故か声だけがまだ温かそうに。

いろいろなことを考えもするが、考えつめて往き着いたところに　べつに何か目新しい真実があるわけでもない。何かを真実かどうかなどと名づけることにも特に意味があるわけではなく、それもまた所詮人の頭のなかのことだ。春から夏、秋を経て、この冬に到るまでの一枚の木の葉の営みほども説得力はない。

大切なのは私たちが世界との、あるいは宇宙との、存在するすべての他者との関係をどのように正しく整えるかだ。在るということの不思議に応えるための、これが唯一の方法だとも思われる。意識するとしないとにかかわりなく、すべての生物、無生物がそうしているように。そして　最後にあるのは同意するということだ、木の葉が大地に同意するように。

ある年の初夢

目醒め際に　緊張した夢をみて、頭のなかにボスニアとかコソヴォとかいう固有名詞が熱を病んでいるときのように、現れては消え、また現れしていたのだが、そこにどういうわけか、葉叢も枝もない巨木が一本聳え立ち、薄紅いろに覆われていた。傍に倚って、もっとよく見ると、八重咲きの大輪の薔薇に似た花が無数に樹を飾っているのだとわかった。いそいでそれを描いておかなければと思いながら、私は夢の外に押し出された。見たこともない花の樹のイマージュとあのすさまじい内戦を経た地名とがどうして混在していたのか。

雨戸を開けると、明け方の南の空に鎌のようなペルシャ風の月と、その上方に金星が煌々と耀いていた。

年が改まって、ほんのすこしでも世界がよい方向にむかえばと願いはするものの、どうなることか。さらにおぞましくなることもあり得るのか。私ではない誰かがあの不思議な花の樹を戦乱の地で見たことがあったのだろうか。その人はまだ無事でいるのだろうか。

デン・ハーグの夏の雨

乾ききった暑さの数日の後で
昨夜から　久しぶりに雨が降った。
いま正午近くもまだ降り続いている。
夏がもう終るのだと告げている雨の音。
ハールレムの駅前の広場に面した金獅子館《リヨン・ドール》を出て、
デン・ハーグのマウリッツハイス美術館まで
出かけたあのときと同じ雨だ。

レンブラントやフェルメールを観終って、そうだ
あそこには唯一称讃したい《デルフトの眺望》があった、

あれは石や煉瓦で描かれた光と翳との音楽だった。
外に出ると　濠池の上を渡ってくる風の
吹き付ける冷たい雨が肌に滲みて、
八月だというのに　心を顫えさせたものだった。
私はいそいで金獅子館にもどった。

言いようもなく侘しい一人旅の
何十年もまえの雨が　まだ全身に滲みていて、
今日はここに降っている、止む気配もなく。
幾つかのレンブラントが想い出される。
老いた最後の自画像や盲目の詩人の肖像、
とすれば　あの遥かな地から
私は帰り着いたばかりなのだろうか。

夏を終らせる冷たい雨が降っている、
いっこうに　止む気配もなく、
いつまでも、いつまでも、
デン・ハーグの冷たい雨が……

私はあの一本の樹だ

昨日の雪はすぐに融けてなくなり、
植物たちの動きが活発になってきた。
間違いなくもう春が近い。
だか　気圧の所為か、
朝からすさまじく風が吹き荒れて、
木々の枝が大きく揺れる、
ひたすら耐えているふうに。

それなのに　歳月が進むにつれて
ほんとうは自分が何をしたいのかが

もうはっきりとはわからなくなっている。
私は芽吹きの遅れているあの一本の樹だ。
あんなに激しく揺られている。
仮になお何かが実現できるとしても
それもたいしたことではない。
ほんの二つか三つの果実を結ぶだけだろう。
感性の瑞々しい驚きのあったこと自体が
いまや不思議に思われもする。迸るような
樹液が身内を駈け巡ったこともあったのに、
自分とともに時を過してきた多くのものが
枯葉となって飛び散り、枝の折れるように
消え去ってしまったからか、
吹き止まぬ風にあおられながら
それでも変らないのはヒヨドリの囀り、

何処からか　ロウバイの馥郁とした芳香……

墓地で

墓地のなかでは　いたるところ
桜や辛夷の花ざかり、何とはなしに
明るい春で、その明るさが哀しい。
過ぎ去っていった時間のためか、
その時間に紛れて消えていった人たちのためか、
それでも私はまだ生きていて
ここに在るというそのことのためか。

若い頃に漠然と夢みていたことの
大方はともかくも終りを告げて

時は過ぎ、なつかしい面影の数かずも……
ときに悪天候に遭いながらも
船が進んでゆけば　つぎつぎに
新たな光景が現れてくるのに似ていると
ふと思った。墓地のなかでは
春酣《たけなわ》だ。そのことが何故か哀しい。
港や桟橋がみえて、下船してゆく人たちがいれば
新たに乗り込んでくる人たちもいた。
出会いはほんの一刻で、もう一度、
もうすこしと願いながらも　ついに再会はなく、
それでも消えた面影は深く記憶にとどまる。
そして　船はさらに先へと進んでゆく、
唐突に最後の寄港地が現れるまで。
愈々　あるいは漸く　私が下船する番だ。

墓石に水を灌ぎかけながら　かつての日の
親しい者たちの姿を想い浮べる。
埠頭に彼らの出迎えはあるのだろうか。
桜や辛夷の花の枝を　もう一度見上げる。
今夜はまたほどなく雨が降るかもしれない。

淡い陽射し、弱い雨

夜なかに強い雨の音が軒を叩いていた。
繰り返し目醒めては　また眠り、
朝になって暫くするうちに
淡い陽射しさえ洩れてきた。
庭に出ると　風が吹いてきて
またパラパラと小雨。
その所為だろうか、ふと遠い
遥かな地のことを想い、
過ぎた昔の日のことを想う。

いつもいい匂いのしていた街角のパン屋、
遥かな谿間の村のみえていた丘の上の
小さな古い礼拝堂へとつづく径、
そんな風景のなかに　もういまはいない人たちの
明るい笑顔が浮んでみえてくる。
いちばん大事な時の幾つかは
あそこにあったのかと想う。
それから何もかも過ぎてしまった。
淡い陽射しと時おりの小雨……

こんどは　いまここで何ということもない
周囲を眺めまわす。よく見慣れた部屋、
ほんのささやかな庭の佇まい、それでも
遠い旅から戻ってくれば　それが

とても懐かしく感じられたものだった、
ああ　私はまたここに還ってきたのだ　と。

そして　こんなふうにも想うのだ、
消えてしまった街角や山のなかの村や、
あの人たちの笑顔、それらがなお
記憶に宿っているのは　きっと
いま　ここに　この淡い陽射しと
微かな雨があるからだ　と。

一面の静寂

夜更けになって　いっそう激しく雪片が
舞い落ちてきたらしく、明け方に
雨戸を開けてみると、見渡すかぎり
屋根の連なりは　一様に灰白色、
ひっきりなしの雪烟が世界をかき消していた。

靄のなかから　もう一度
人影や道が現れることはあるのだろうか、
互いに交される声が戻ってくることは？
雪はなお　絶え間なく降り続け

それから　夕暮れ近くには
とうとう心の上にまで降り込んできて
堆く積り始めた。何という冷たさだ！

降りしきる雪を除《よ》ける暇もなく
ただ一面の白さに覆われて
世界と息を通わせたときの
熱かったあれこれの想いも
もう消えてしまって、あとには
夜のなかに深い静寂があるばかり、
雪はなお細かく舞い落ちてきて。

岬

想い返してみると
耐えがたい切なさのときには
いつしか岬の突端に　ただひとり立って
遥かな碧さのひろがりの涯に
さだめなく視線を漂わせていた。
きっと　それより先に
もう行くことも叶わなかったからだ。
いなくなった誰かを　そこでならば
呼び戻せるとでも思ったのだろうか。

あそこは世界の涯だった。岬では
もうほんの僅かな時間が動くこともなく
鷗たちの白く飛び交う下で
岩礁を打つ波の音だけが　ただひたすら
遥かな彼方の　低い雲を搬んでいた。
その先に　亡き人びとの住まうところが
きっとあるのだと信じられた頃には
永遠や無限が　まだ生きてもいたからだ、
失われたものたちが　もう姿のないままに
それでも集うところがあるのだ　と。

耐えがたい切なさのときには
いつしか　ひとりで岬の突端に立ち
遥かから　波の言伝《ことづて》が搬んでくる

深い沈黙に　ただじっと聞き入る
それだけのために　海を遠く
いつまでも眺める日があった、
ずっと遠い遥かな日だった、
何処かへ逝ってしまった者からの
聞えるか聞えないかの呼びかけが
いつか届いてくるのを待って。

眠りの他にはもう

眠りの他にはもう何もない、ただいつも、いつも
眠っていたい　それだけなのだとあなたに漏らすと、
「それならばこれからは夢の詩を作ればいいのよ、
　あなたに残されているのは　それだけなのだから」
そうあなたは言った。それからあなたは去っていった。

ほどなくまた夜だった。刻《とき》が来ていた。
私の夢　それは何?　そう考えたのは
すでに夢のなかのことだったのか、それからまた
あなたが私に語りかけたのも　あのとき

すでに夢のなかのことだったのか。それならば
現《うつ》つとは何？　夢とは何？
私は誰にともなく問いつづけていた、
いつまでも繰り返し問いつづけていた。　　と。
それもまた　きっと夢のなかでのことだった。

かつての日の　現つであったものが
何処へか消え去って　夢に変ったのであれば
私は夢のなかで　それでも
あなたにまた会うことができるのか、
あなたはまだ私を忘れてしまうこともなく、
何処かで私を待ち受けていてくれるのか、
もしかすると私がもう一度目醒めはすまいか
けれども　そのとき　あなたがいるのは

夢のなかなのか、それとも夢の外なのか、
何もわからないままに
ただ夢の深まりだけが感じられた。
あたりには誰の姿もなかった、きっと私自身も……

もう何の季節の変化もなく

これまで何と久しく目醒めていたことか、
仮にそれが夢だったとしても　こんどは
どんなふうに目醒めと夢とが入れ替るのか。
夢の四つ辻に到り着いたとき、私が道を
選び損なうことはないのだろうか、
それはいつのことなのか、身を横たえて
ひどく歩き疲れたと　それだけを想う。

子どもの頃に見えていた　たくさんのもの、
大熊座も、小熊座も、そればかりか

夏の宵になれば　地平に低く見えていた
アンタレスも、凍てつく冬空のカシオペヤも
何処に消えてしまったのか、私の視界には
もう何の季節の変化もなく　道筋には
久しく何も現れてこない。どうやら
世界がまるごと　私の傍らから
立ち去ってしまったらしい。矢張り
私は道を選び損なったのかもしれない。

「ほら　あそこ、あの星が」と言った母の声も
何処か夢の天球のむこうのはずれへと沈んでゆき
いまは　懐かしいあれこれの顔も
記憶の奥に遠ざかり、そのむこうへ
抜けて行ってしまったようだ。いつの間にか

私の空はこんなにも味気なく色褪せている。
いまはただ　目を閉じて眠ることだけが、
そうすれば私の辿る道の果てに
また見えてくるものがあるのかもしれない、
これまで見たことのなかった何かが。

ひとり目醒めて

夜の部屋にひとり目醒めて
暗い虚ろのなかに　あなたの姿を索めている。
あなたの陽気な笑いが私の傍らに
明るくひびいていたかつての日が
つつましく愉しかっただけに
それだけ　いまは辛く想い出されるのだ、
あの不幸なフランチェスカが地獄めぐりの
詩人に語ったことばがふと心に浮ぶ。
それでも　寂寥のなかに　何かしら
慰めてくれるものがあるかとも想う、

あまりにも長くとどまり過ぎたかとも想う。

あなたがふいに遠ざかったその日から
何もかもが色褪せ　世界は蕭条として
ものの動く気配もなく　もう何をうたうでも
何を語るでもなく閉ざされている。
それなのに　私はまだ生きていて
遥かな昔の日のように　灯の下で
まだ何かを書き留めようとしている。
私は何を書こうとしているのか、
何処へか立ち去ったあなたへの語りかけとして、
齢老いたこの身のなかに　若い日のままの心をもって、
もしかすると　姿のないままに　それでも
あなたがそこにいるのだと　どうしても思われるから、

ともかくも　あなたとともに生きたことがあったのだから。

＊Nessum maggior dolore che ricordarsi del tempo felice nella miseria.
不幸のなかで幸福だったときのことを想うほど苦しいことはありません。
ダンテ『神曲』「地獄篇第五曲」

僅かなことばの他に

久しい歳月のなかで　これまでに
出会った懐かしい幾つもの顔、最期の瞬間にも
閉じられた瞼の裡に　あなたたちが
もう一度浮んでくれることはあるのだろうか。
苦しい日ばかりが多かったように思う。
耐えがたかった辛さばかりが想われてくる。
それでも傍らにいてくれた幾つもの顔、
道を辿る困難のなかで　いつも倚り添って
私を支えてくれた懐かしい顔よ、
そう　あなたも、それからあなたも……

それぞれにかけがえのない一つだった。
「大丈夫よ、わたしはいつも
　あなたの傍らにいるのだから」

何処からともなく　声が聞えてくる、
私の心を熱くふるわせる声が。
そのことの倖せを想う。それなのに
あなたたちのために　いまになって
私は何を遺すことができるのか、
このつつましい僅かなことばの他に？
木々の枝間に消えてゆくことばの他に？
あなたたちの傍らに　もう私の姿が
見えなくなったある夕べに
それでも　ふと　あなたは雲の赤らみのなかに

何かを聞いたように思う瞬間があるかもしれない。

花梨

落ち葉の舞い散る晩秋の日だった。
朱いろの漿果をつけた枝が　繁みの
ところどころに突き出ている
曲りくねった斜面の小径を
森の奥深くまで辿ってゆくと　ふいに
やわらかいみどりの草地がひらけて、
一本の巨木がなかほどに聳え立ち
四方八方　枝という枝は黄金いろの
無数の果実に飾られていた。誰が
こんな祝祭を私たちに用意してくれたのか。

私たちは遥かな梢の高さにまで目をやった。
それから　こんどは足許に視線を落した。
「あら、ここにこんなに大きなのが……」
屈み込んでは拾い上げるあなたの手に
はや幾つかの花梨の実があった。「こちらにも、
ねえ、拾っておきましょうか、あとで
お描きになるんでしょう？　すこしぐらい
疵があっても大丈夫かしら？」
枝間から見える空の　底抜けの碧さ、
私たちには何もかもが申し分なかった。
小鳥たちの囀りの絶えることのない
この稀な時間がどれほどすばやく
過ぎ去ってゆくかを私たちは知っていたから。

ふたたび小径を辿りはじめたとき　一瞬
背後で大きな地響きがした。
私たちは驚いて振り返った。
草の上に落ちてきたのは　いちばん
鮮やかな黄金いろの一つだった。
巨木は立ち去ろうとする私たちに
どんな合図を送って寄越したのか、
あなたはもう一度　取って返し、満足げに
森の贈り物を手にして　戻ってきた。

夜になって　私は卓の上に幾つかの
得も言われぬ芳香を並べ
ながい時間　沁みじみと灯の下で眺めていた。

森の小径の　昼間のこころよさが辺りに漂い、
やさしいあなたの心で　私をいっぱいに
充たしてくれているのが感じられた。

もう一度訪ねてみたいところ

この世から立ち去るまえに
まだ何処かへ行けるものならば
もう一度訪ねてみたいところ、
ジュラの山峡《やまかい》を抜けて、葡萄畑の斜面を列車が下り
ひろびろとした湖水のすぐ近くで停車したときに
きっとプラットフォームに待ちかまえていて
すこし緊張した面持ちに　それでも笑みを湛えて
あの人は私たちを迎えてくれたものだった。
けれども　もう彼はそこにいないだろう。

朝早くパリを発ったのは、三月の
霧のような細かい雨の降る日だった。
私を見つけると　すばやく傘を差しかけながら
「駅の外に車を停めてあるから、そこから
　フォンテーヌブローの森を抜けてゆくわよ」と
彼女はそう言った。あれはいつのことだったか、
すこし老いの漂いはじめた笑顔が
それでも早春の花の色だった。
けれども　いつからか彼女の声はもう聞えない。

この世から立ち去るまえに　行けるものならば
もう一度訪ねてみたいところ、
遥かな岸辺に咲くヒナゲシの緋色が
目に染みたクレタの岩の縁か、それとも

大河の水面《みなも》に揺れる灯影の　どうしても
忘れられないプロヴァンスの古い街の　夜の通りか、
それとも、それとも、浮んでくるたくさんの風景。

ひとりぼっちの寂寥と、陽気な友らの笑い声と。
けれども　さまざまに懐かしく想い出される
あれこれの風景を地図の上に辿ってゆくのではなく、
私がもう一度訪ねたいのは
目にはみえない誰かの大きな手が抱え上げて
あのときの私の姿をそこに置いたまま　まるごと
何処へか搬び去ってしまったあそこなのだ。

時間の脅迫から逃れて

私の辿ってきた道は　いつも外の世界から、どのようにしてか、私の内部へと奥深くまでつづいていた。そのために　いつも道筋の何処かで　几帳面な時間が行方不明になり、内部へと移り込んだ風景や人びとの面影はそのままにいつまでもとどまることになった。

だから、かつては一人で歩いたことのある地図の上のさまざまな都会や山間《やまあい》を　もう一度訪ねてみなくても、私はあの懐かしい街角に　夢のなかでのように軽々と歩を搬ぶことができるし、低声で歌を口ずさみながら　あの谿川に架かっている小さな橋を渡ってゆくことができるのだ。

誰かに訊ねてみれば、「あなたがよく立ち寄ったあのお店はもうなくなりましたよ」とその人はきっと言うかもしれない。「あなたが親しくされていたあの方はもう亡くなられましたよ」と聞かされるかもしれない。そう、きっとそうなのだ、だからもう私は誰にも昔のことは訊ねない。

だが　私の辿った道筋で、何故か時間の脅迫から逃れたかったものたちは、それとなく巧みに、私の内部の何処かに身を倚せて隠れているから、私がもう一度会いたいと願ったときには、「ここにいるよ」と言いながら、誰にも気づかれないように、不在のままに姿をみせてくれるのだ。

何というひろがりを私は知っていて、不自由な老いの身ながら
動きまわっていることか、地図の何処にも記されていないほん
とうに大きなひろがり、もしかすると　海よりも空よりももっ
と大きなひろがりを。それは私の内部を通り抜けて、私自身を
も包み込みながら、際限なく何処までかひろがってゆく……

手

火器を手に持てば　誰かに
狙いを定めたくなるものだ。
アメリカで　父親をびっくりさせようと
留守宅の物陰に潜んでいた娘が
帰ってきたその父親に撃たれたという。
「パパ　大好きよ」と息絶えながら
彼女は言ったと報じられた。

雑貨屋での買い物を済ませて
店から出たばかりの路上で

パレスチナの町アナタの少女アビールが
何故か　イスラエルの装甲車に撃たれたという。
「ママへのプレゼントを……」と
彼女は言ったと報じられた。

種子の袋を受け取れば　荒蕪地でも
播いてみたくなるものだ。
いつか芽が出て　きっと
何かが花咲くかもしれない。
「これは何の種子か」と
なかば訝しく思いながら　それでも
何処にもない花が咲くかもしれないから。

何も持たない手、火器もなければ

種子の袋を貰うこともなかった手、
だから　その手はそっと愛しい者のほうへ
差し伸べられ、想いをこめてその頬に
やさしく触れようとするかもしれない、
ただそうすることの他には何もできない手だから。

薔薇色の石組みの塀沿いに

どうしてあの道をもうすこし先まで
私は辿ろうとしなかったのか、幾つかの
聖堂をもち、石段と曲りくねった路地のある
丘を下って薔薇色の石組みの塀沿いに歩き
足許に小さな菫の花を見かけたとき
オリーヴの林のなかにつづく道は
きっと私を行くべき処へ導こうとしていたのだ、
そこに何があるのかは知らないままに。
遥かなウンブリアの空は青く澄んでいて
そこからは地続きのようにみえていた。

だが　私は行かなかった。もしかすると
あの先には　私の捜し求めているものが
ほんとうにあったかもしれないのに
私は行かなかった。私は道を引き返した。

あそこまで　あんなに遠くまで
何もかも捨て去るように離れて行ったのに
私はまた薔薇色の石組みの塀沿いの道を
引き返してきた。自分の捜し求めているものが
私を呼び寄せるかすかな声よりも
もっと切なく何かの歎きが　背後から
風に搬ばれて聞えてきたせいで。

詩を読む声

——カヴァフィスのある詩篇に寄せて

遥かな昔　海に沈んだ都があったという。
私の内部にも深く沈んだ都があるのに、
私はときにそれを忘れてしまっていて、
もうそれがよく見えない。けれども
ふいにそこから聞えてくることがあるのだ、
遠い鐘の音やもういない人たちの話し声、
喪われた室内での　陽気な団欒の声が……
きっと私はそこにいたことがあったのだ。

たくさんのものが沈んでいった、
時間をかけて　ゆっくりと私の無限の奥底に。
それでも同じように時間をかけて　ときどき
そこからかすかな響きが立ち上ってくる、
私がいつもこの世界で耳にするのとは
べつの響きが。よく覗き込んでみれば
暗い波のずっと下のほうには　幾つかの
塔の尖端が見えることだってありそうだ。
誰かに手を引かれて　歩いたことのある
夜の通りの賑わいが見えることだってありそうだ。

それにまた　ときには誰かが詩を読む声が聞える。

「心に浮ぶ声、懐かしい声、

亡くなった人たちの、または亡くなったみたいに
私には見失われてしまった人たちの声。
そんな声がときとして私の内部で語っている、
私の想いのなかでときとして聞えてくる。

そして　その余韻を伴って、一瞬　蘇ってくるのだ、
私の人生のはじめての詩の響きが、
遠くに消えてゆく夜のなかの音楽のように。」

そう　きっとあれは誰かの詩を読む声だ　と
べつの誰かが私の奥深い水底で言っている。
昔　その声を聞いたことがあったのか、
まるで自分のもののように響いてくる、
私のはじめての詩を誰かが読んででもいるみたいに。

それを書いたのがいつだったのか、
もう私は知らないのに、どんな灯の下で書いたのかも。

一瞬　裂け目が

ときとして　超越とは拒絶の相を帯びているのかと
暗いベッドのなかで　ふと思った。
グリゾン地方の嶮しい岩山と　截り立った斜面に
辛うじて踏みとどまっていた樹木、あそこでは
凍てつく寒気に曝されて、自然もまた
生きるとはただ祈ることに他ならないのだと告げていた。
それからまた　オルレアンを発ってほどなくの
列車の窓からみたあの平原の上の
唐突に、異様に真っ暗になった空、
地の涯までを覆い尽して、もう光は喪われたのだと

それだけを語っているふうだった。さらには幾つもの、
なかには崩壊を思わせることもあった聖堂、
そのなかで孤独に、悲痛に祈りつづけていた人の姿、
彼女の祈りは何処かに届いたのだろうか、そして
故郷を逃れた難民たち、異郷の路傍の物乞いたち、
遠い昔の　遥かな旅の途次に出会った幾つもの光景……

私たちは誰しも閉じ込められた囚人のようだ。
いつかそこから救い出されることがあるのかと
小さい高窓から遠い空に目をやっても
無限のひろがりもまた限りあるものだということを
すぐさま思い知らされる。私たちは誰しも
超越に問いかけるとき、否応なしに拒絶に出会うのだ。
アダムは扉の閉ざされる音に身顫いし、

エヴは門の掛けられる重いひびきを背後に聞いた。

けれども　ときとしてこの拒絶に生じる裂け目、
どうしてそこに裂け目が生じるのか、
おそらく神秘とはこの裂け目から
名づけようのない何かが私たちにまで及んでくることだ。
すべてのもののなかでもいちばん弱いものである私たちは
この裂け目が何処にあるのかを　日ごと夜ごと
拒絶の壁に探り当てようとして努力する。
言葉は何の役に立つのか、描くことは？　それとも
音楽はどうか？　他者への善行は？　ほとんど
ことが成就する望みもないと思われたとき、何故か
不意に　眼にはみえない微かな裂け目が壁の何処かに生れて
何かしら慈しみとでも呼ぶことのできる仄明りが

一瞬

私たちにまで届いてくることもあるのだ。

孤独とは

きっとそうなのだ、孤独とは
一日ずつの時間が　その都度
心のまわりで　どんな蓄えにもならず
剝ぎ取られてゆく状態なのだ。
そのために　心はいつも裸で
荒々しく世界に曝されている。

誰か声をかける者はいないのか、
愛する者の息に搬ばれてゆくのでないとき
今日もまた　一日がひどく重い足取りで、

ほとんど身体を曳き摺るように過ぎてゆく、
かすかに昨日を振り返る素振りをみせることもなく。

そして　そんなふうでありながら
次の日が巡ってくると、もう
前の日の名残りは何一つそこにとどめられていない。
すべてが初めからのやり直しだ、意味を捜すでもなく。
せめてすぐ傍らにひとつの声を
聞くことができさえすれば　すべては
それだけで後の日の回想ともなり得るのだが。

夕暮れ

外の世界は影絵になって
いまや白と黒との二色だけ。
それは色なのか、墨の部分の輪郭が
ざわざわと揺れているのが見える。
心のなかに立ち騒ぐ想い出のようだ。
あるいはモランディの銅版風景画のようだ。

あれは木の枝先か、それとも何かまだ
私の知らないものか、まだ揺れている、
想い出そうとして喚び起せないもののように。

もっとむこうでは　巨大な生き物が
頭をもたげているようだ。あれは
何なのか、鳥のようなものが　たったいま
あの影のなかに呑み込まれた。

影の何とつよいことか！　いまや
世界がまるごと影のなかに消えてゆく！
浮び出てこない記憶をそこに宿したままで、
いちばん大切なものが喪われたときのように。
けれども　また夜明けが来るとすれば
影のなかから世界が記憶を取り戻すかもしれない。

時　間

愛着を断ちがたい絵画の数かずが
壁面を飾っていて、部屋には幾つもの棚が
何冊もの貴重な書物を収めている。
幾世紀もの、世界のさまざまな地域の
それぞれに敬虔で、勤勉だった人たち、
彼らはそれほどでもないこの慎ましい空間に
自分の精神の　何かがいまもとどめられていると
何処かで思うことがあるのだろうか。

外では朝から雨が降っている。

アジサイが濡れて　ホタルブクロが揺れている。
季節のわりには　すこし冷たい日だ。
モーツァルトの三重奏のディヴェルティメントが
先刻から　静寂を乱すでもなく溢れ出てゆく、
弦のひびきも同じように雨に濡れるのだろうか。

あとどれぐらいかと　ふと想う。
ＣＤの終るまでの時間、雨の止むまでの時間、
アジサイの咲き終るまでの時間、
これらの書物のなかのどれかが
もう誰にも読まれなくなるまでの時間、そして
私がこんなふうにこの部屋にいたことを
もう誰も想い出さなくなるまでの時間、
そんなふうに　すべてが消え去るまでの時間、

きっと　あとには淡い、やわらかい
光源のない明るさだけが漂っているのだ。

アジサイの葉

――ある押花絵に寄せて、Oに

夢なのか幻なのか、何処からか
飛んできた二羽の小鳥が　いつからか
紫と白との花をつけたアジサイの葉先に
止ったままで　じっと動かない。

「飛ばないの?」一羽が訊ねる。
「飛ばないわ、あなたがそこにいるから」
べつの一羽が囁く。この季節にしては
珍しく空の青い日、もう飛び立つべき刻《とき》だろうか、でも何処の空にむかって?

「ぼくはまだここにじっとしていたいのだ」と
一羽が呟く。「いいのよ、そのままで」
季節が変って、アジサイの花が萎れたら
ぼくらはどうなるのだろうか、そのときにもまだ
この空は、この世界は在りつづけるのだろうか。

「どうして　そんなふうに考えるの?」
また一羽が囁く。まだ空は滷りなく青いし、
何故か　もう雨は降りそうにない。
ふと気がつけば、いつからかそれぞれの翼は
アジサイの小さな葉に変りはじめている。

「わたしたち、もう何処にも飛ばないわ、だって、
いつの間にか、ここは絵のなかですもの」
「それでも　いつかきっと、ぼくらは
一枚ずつの葉の姿になって、空に
高く浮き上がってゆくと思うよ、何処か
べつの空の奥にむかって」

たくさんのアジサイの葉が
茎についたままで　やがて枯れてゆく季節に
何故か　なかの二枚だけが　遠く
ずっと遠く　羽搏きながら
ほとんど重なり合うようにして
空の奥へと消えてゆく、
何処の空かは誰も知らない……

何と久しく

「夕方になったから　散らかしたものは
　きちんと片付けておきなさいよ」と
幼かった頃の母の声がまた聞える。
母は何処にいるのだろうか。

そう　もう夕暮れだ。ほどなく
窓の外ではもののかたちが消えるだろう。
私はすこし疲れた視線を　それでも
庭の樹の影の上の空へと向ける。

一瞬　空の淡い水のなかを
見えない絵筆が金色に刷き
幾匹ものひかりの魚を泳がせる。
そのかたちが水に溶けてゆく……

ふと我に返って散らかったままの
たくさんのものを片付けなければと
思い直す。何とたくさんの言葉が
乱雑にそこここに放置されていたことか！

こんなふうにではなく　言葉を用いて
ひとつの整った世界をつくり出すことだって
出来るはずだと思っていたのに！
私はもう遊びを終りにしなければならない。

何と久しく夢みていたことか！
言葉の積木を箱に収めなければならない、
そして　蓋をすれば　部屋のなかは
きれいに片付くだろう、きっと何もかも。

窓の外はもうすっかり暮れている。
金色の魚たちは暗い藻の蔭に
どうやら身を潜めたらしい。
「片付いたわね」と母の声が何処からか聞える。

詩とは?

「詩とは?　それは樹木の下、
ふたたび花咲いている草と石とのあいだで
凍てついた泉が融けて、水が流れはじめるのを
見ることであり、希望を蘇らせる水音を
聞くことです。……ですから、ただ素朴に
〈ご覧よ、石のあいだで　また水が
流れはじめたよ〉と言うことです。」

そんなあなたのことばが届いたからか、
むこうの山の斜面の岩のあいだで

固く凍てついた泉が融けて、また詩の流れる音が
聞えはじめた。そうだ、季節が変ったのだから、
絶えず退いてゆく後背地に　詩のための
真の場を索めて　闇のなかをあてどなく
漂泊い、見えるものの背後に現存を捉えようとした
あの酷しい日々は過ぎて、あなたはふたたび私たちと
世界をともにすることへと還ってきたのかとも思う。

樹木や空があることに、道があり、そこに
手を振っている幼い子どもの姿があることに
あなたが同意するとき、あなたのことばは
素朴なものたちに　影のように寄り添って
在るということの不思議を支えつづけている、
あなたが傍らから立ち去ったのちにも　なお

泉から湧き出て　止むことなく流れつづけ、
詩の真実を　空の青さに映しながら。

＊La poésie? C'est de voir sous les arbres, parmi herbes refleurissantes et pierres, la source dégélée, l'eau qui recommence à courir, le bruit de l'eau qui ranime une espérance... Et c'est alors de dire, tout simplement : 《Vois, l'eau a recommencé de courir, parmi les pierres.》 (Yves Bonnefoy)

ある友に

――二〇一六年九月十五日に

いたるところ　抗争と殺戮の絶えるときなく、
大地震、大津波の災害のすさまじさが
つぎつぎに伝えられてくるこの世界で、
ともかくも生命の果てにまでやってきて、
今宵　いま一度　あなたに会えたことの
倖せを想う、何という大きなよろこび！
それぞれの辿った道が　これほどに異なり
これほどに遠く離れてもいたというのに
眼には見えない存在の　大きな手が

私たちのそれぞれの手を取って
想いがけず結び合せたかのようだった。

秋の初めの夕闇の　宴の賑わいのなかで
それぞれの心のなかで　私たちはかつての日の
滔々と流れる暗い水面を想い浮べていた。
あのとき　周囲の山並みは
しだいに深まる翳のなかに消えてゆき
船の舳先では篝火が　赫々と
そこだけ闇を照らし出していた。
私たちの顔の火照りはそのためだけだったろうか、
あまりにも暗澹とした世情を歎きながらも
それでも　詩が祈りでもあると信じることの
困難な務めを私たちが　なお

ともに語り合うことができたからかとも思う。

いつの日か　私たちがいま一度
この地上で言葉を交わすことはあるのだろうか。
すでに自らの時を費い終えて
なお振り返り　思い巡らせば
あの山深い渓谷添いに
鳥たちの鳴き交わす道を
辿ったときと同じように　いつも
進むべき先を指し示すのはあなただった。
私は随いてゆきさえすればよかったのだ。
そのことの倖せを想う、ともかくも
同じ道を辿り得たことの倖せを想う。
ほどなく刻が来たら　そのときにも

あなたとともに語り得たことの　数かずの
想い出を携えて　私は旅立ってゆくだろう。

泉

岩も樹木もいまはひっそりと息をひそめて
世界は重い沈黙に覆われている。
むこうの山の　何と暗いことか！
星のない空が低く閉ざされている！
それでも私は闇のなかに目覚めて、
眠り込むことがない。こんな時間にも
きみの足音が嶮しい道を辿って
ここまで来るかもしれないから。

昨日はそれでも小鳥たちが連れ立って

私を飲みにやって来た、明日には
柔毛につつまれた星のかたちの
白い、小さな花が私の傍らに咲くだろう。
きみがそれを見ることがあるだろうか。
厳しい寒さが来れば　凍てつくことがあっても
そのときには　冷たく張り詰めた静寂の下で
私は言葉を蓄えるだろう。そして　その後で
季節が変れば　また流れるだろう。

遥かな下流で誰が私を飲むのか、私は知らない。
絶え間ない抗争、すさまじい災害、その他にも
どんな理由によってか傷ついて流される
たくさんの血を　洗って癒すことがあっても、
誰も私を穢すことのないように！

誰も山を崩すことのないように！
死の谷を横切って流れる日には
私はさらに蘇りのための祈りをつぶやくだろう。
いつか私が海にとどくそのときまで
誰も私を堰き止めることのないように！
そして　海はいつも穏かにかがやいてあるがいい！

私の底から湧き出る　絶えることのない水音が
いまもなお　きみの傍らに聞えているだろう、
いまもなお　絶えることなく、私の水音が……
もしきみが深い夜のなかで　ひとり目覚めているならば、
私のまだ知らないきみが……

今日のこの風は

今日のこの風は　何処から渡ってきたのか、
おお寒い！　思わず身を縮める。
小さな草花たちの球根は
地中にまだ眠ったままでいるのか、空の様子を
うかがおうとする気配さえもみせていない。
私はもう思考も感性も　ひどく鈍って
麻痺したように　ただぼんやりと
周囲を眺めている、それでも
きっと植物たちの在り様を
それとなく　知りたいとは思っているのだ、

何処かに希望の在り処を
教えてくれるものはないものか　と。

視線のゆく先は　すこしも定まらない。
部屋に戻っても　身体がだるいから
机に向かうほどの気力もなく
じっと身を横たえていたいと思う。
それから　昨日すこしだけ
まだ明るかった午後の時間に
歩いたことを想い出す。
森の入り口で　そういえば
古刹の柱のような巨木が
もう立っていられなくなったのか、
根元から大きく傾いて　すぐ傍らの樹に

重たげに凭れかかっているのが見かけられた。

きっと暫くの烈しい寒さと　雪の重さに
耐えきれなかったのだ。もう春が来ても
枝の芽吹くことはないだろう。
それでも陽射しは　すこしずつ
暦の進み具合を想い出しでもしたのか、
庭の、あの東のはずれのミモザの枝先を
かすかに淡黄色に染めはじめている。
歳月の長さに別れを告げるもの、
それから　生命がまだつづくことを
証ししようとするもの、季節の
往き来に触れながら、私は横になったまま
窓の外の　今日の風の音を聞いている。

向こう岸

いつの間に　ここまで辿り着いたのか、
夢のなかでのように　おぼろに
背後に道が長くつづいているが、
目のまえには　ゆったりと
河が流れて、水面はかすかに暗い。
すでに大きく陽が傾いたためか、
それとも私の目が充分に　周りのものを
見分けることができなくなった所為なのか、
目を閉じて　もう一度開いてみる。

これまで連れ立って来た人たちの
姿は　唐突に何処に消えたのか、足許の
草叢のなかの　よく馴染んでいる花の
名まえがどうしても想い出せない。
それでは　私はもう何もかも
名まえなど忘れかけているのか、
誰に訊いたらいいのか、あるいは
はじめからおそらく　どんなものにも
名まえなどなかったのだ。どうやら
私はひとりになってここに立っているらしい。

だが　どうしたことか、向こう岸は遥かだと
いまのいままで信じ込んでいたのに
想いの外にそれは近く　すぐそこに見えている。

やわらかい靄につつまれているみたいだが
ときどき　風がそよぐらしく
乳色が途切れて　そのあいだから
幾つもの明るい顔がこちらを見て
かすかに笑っている様子がわかる。
手を振っている者までいるが
あそこにいるのは誰だ？
それに向こう岸にひろがっているのは
そっくりそのまま昔の風景のようではないか！

いつからか　こちら側で見かけなくなった
たくさんの親しい者たちが　なつかしい仕草で
合図を送って寄越しているみたいだ。
「いま　河を渡ってゆくからね！」

声を嗄らして私は叫ぼうとするが
声が出ない。ああ　あそこには
私の娘が私の母と連れ立って歩いてゆくのが
見えているのに、またすこしずつ
向こう岸には明るい靄がかかり始めた。
何もかも乳色のひろがりに覆われてしまって、
私のまえには　ただ大河の流れだけが
夢のなかでのように音もなく動いてゆく。

林のなかで

詩とは何なのかと　改めて
昨夜の想いを心に問い返しながら
林の縁の径をゆっくりと辿ってゆく。
眩いばかりの木々の芽生えが　いまは
こんなにも溢れ出てきているというのに、
私たちはあまりにも饒舌に　小賢しく
ほんの些細なことを語りすぎていはしないか。
むしろ自分を語ることなど忘れて
夢のように淡いコナラやクヌギの
呟きに耳を傾け、何処からか戻ってきて

巣作りに励んでいる番いの　小鳥たちの
喜々とした囀りに　聞き入ることだ、
世界の語りかけてくる声に聞き入ることだ。

それにしても　何なのか、この不思議な音は？
聞えるか聞えないかの　この音は？
林のなかに踏み入って　足許に視線を落せば、
倒れた朽木の　樹皮や小枝の散乱しているあたり、
生き尽して　疲れ果てた一羽の鳥の骸の傍ら、
堆く散り敷いた去年の朽葉のあいだから
地を割って伸び出た軟らかい葉に包まれて
カタクリの花が　私たちに似せてか
ほんのすこしだけ頭を傾《かし》げている。
その傍らには　穢れを知らぬ白さで

ニリンソウの幾つかが　言葉など
素知らぬふうに　あどけなく咲いている。
とすれば　いま私にまで届いてきたのは
大地の割れるひそやかな音だったのか、
それとも　沈黙の微かなひびきだったのか。

きっとそうなのだ、これらすべてが
私たちに語りかけているのだ。
それに較べれば　私たちの紡ぎだす言葉など
おそらく　何ほどのものでもないのだ。
明るい林のなかを風が吹き抜けてゆく。
私はそのそよぎを聞き取りたいと思う、
聞き取らなければならないと思う。

何処か知らない遥かなところから、きっと
過ぎ去ったものたちのなお集うところ、それればかりか
やがて訪れるものたちの在るところから、
さまざまな人生や、戦乱や災害の数かずが
かつても、これからも　搬び去り、また搬び来る
私たちの知らない歓喜や倖せ、それればかりか
苦しみや、悲しみや、孤独の歎きをさえも
伝えてくれる風の声を　この身に慥かに
受け取りたいと思う、この芽吹きのなかで、
私たち人間のものばかりとは限らない
たくさんの生物、無生物の微かな希みや
絶望の苦悶の声をも受け取りたいと思う。

私たちに語りかけてくるたくさんのことども、

芽生えたばかりの雑木林の枝間を　たったいま
吹き過ぎていった風の残した静かさのなかで
目には見えないままに　世界の無音の言伝が
まだ耀いたり、翳ったりしているのが見える。
シジュウカラのすばやい飛翔が　そのあいだを
巧みに縫ってむこうの繁みの蔭に消えた。
さまざまなものが語る　言葉のない林のなかを
何処までか　私はなお辿ってゆく……

哀悼詩　Y・Bに

I

朝から雨が降っている。
灰色の雲が頭上を覆い尽していて
遠くから何かが届いてくるのを
遮っているように思われる。

「これで終りです」とあなたは言ったのに、それが
あまりにも唐突だったから、私はまだ納得がゆかず、
あれやこれやのことを想い返しては

あなたの消息を知りたがっているみたいだ。
あなたはほんとうに不在になったのか、
それともまだ目には見えないままに
慥かな現存を保ちつづけているのか。

たっぷりと知恵の含まれた、それでいて
すこし悪戯っぽい笑みを湛えたあなたの顔が
雨の帳のむこう側から虚空に見えてくる。
つい数日まえまでだって同じように
私たちは遠く隔てられていたというのに、
空間の隔たりと今日のこの感覚とでは
何処がどう違っているというのか。

幾つものことばが谺となってひびいてくる。

それはいつも、いつもあなたから
溢れ出てくる詩のことばのひびきだった。
危機を感じながらも確信を抱いているひびきだった。
私たちのものであった危機感、同じように
私たちのものであった確信。「遥かな遠方から
あなたの背姿《うしろすがた》を見ながら、詩の道を辿りつつ」と
いつだったか　私がおそるおそる献辞を書き記したとき、
それを読みながら　あなたは言ったものだった、
「私たちはいっしょに並んで歩いているじゃないか！」と。

雨はまだ小止みなくつづいているが、
この時代の暗さに較べれば　今日の
空を覆っているこの暗さはたいしたものではない。
ルピックの坂道をアベックのメトロの駅に向かって

真夜中に並んで歩いたときには　世界は
途方に暮れているように思われたし、
何もかもが変ってしまうだろうと私たちは予感した。
夏の終りの夜の　寝静まった暗さだけではなかった。
けれども　あなたはそのときにも言ったのだ、
「希望をもちつづけることは私たちの義務だ」と。
あの坂道を私たちがふたたび辿ることは
ないのだろうか、だが　夢のなかでならば？

言い様もなく深い、大きな感情が
想いもかけず、静かに心の底を浸している。
それが悲しみなのかどうか、ほんとうは
まだ私にはわからないのだが……
今年の梅雨入りを思わせる霧雨が

あなたの見たがっていたこの小さな庭の径の
ホタルブクロやアジサイを濡らしている。

II

パリ十八区のルピック通り、レマン湖畔の町ヴヴェ、
あるいはまたアルルの町の　あれは何処だったのか、
かつての日にオランダの画家が描いたこともある
カフェテラスの傍らだったか、あなたは
いつもゆっくりと、あるいはゆったりと
一歩一歩　自分の歩みを確かめるかのように
先へ進んでいった。だからその足許には
ことばが記されてでもゆくかのようだった。

想い出されるのは　何故かいつも夜だった。
そして　いま溢れ返るほどのさまざまな想いが
私の衷にはあるのだろうか、それとも
あるのはただ埋め尽すことのできない空虚なのか、
虚ろのような夜の賑わいのなかで
あなたがこちらを振り返って笑っているようだ、
「生きていて　仕事の他に何をするの?」と。

何処か虚ろの深い奥のほうから　またしても
ことばだけが響いてくる。それからまた
「私たちは地上に詩的に住まわなければならない」と
いつだったか、あなたはそんなことを言った。
そのとき　あなたの言う「詩的に」は　私たち自身と
世界との関係を誤ることなく整えることの意味だった。

その所為だろうか、あなたは詩的にこの地上から
立ち去っていってしまった、「静かに、穏かに
すべてうまく進んでいる」と低声でMに伝えながら。

あなたはもう一つの世界との　自らの関係を
誤ることなく整えたかったのだろうか。
ルピックの坂道も、レマン湖畔の夜も
もうきっとあなたの影を探し当てることが
できないだろう。それなのに虚ろのなかに
ことばだけがなお響いてくる。ことばだけが
遠くこの惑星を半周して　ここまで届いてくる。
存在ではないことばとは何なのか、それは
存在から放たれながら　いつも存在を
超えてゆくものなのか、いつまで？　何処まで？

きっとあなたは　なお何処かで問いつづけているのだ。

Ⅲ

最後の大きな旅立ちに先立って　あなたが届けてくれた詩集
そこには『またしても　ともに』と標題が記されていた。
そう　またしてもともに　なのだ。私たちが
ことばのなかにあなたを探し当て、心を通わせるとき、
あなたはまたしても私たちとともに在るだろう。

「無限とはひろがりではなく、深さだ。それは
あるひとつの生が　べつの生の絶対へと己れを捧げて
下りてゆく場だ。それは　夜のなかで
それらの生が互いに取り合う両つの手から生れる光だ。」

あなたの綴った一節が声になって聞えてくる。
だから私はもうあなたをひろがりのなかに
探そうとは試みないだろう。そうではなく
深さのなかにこそ　あなたを認めることができるのだ。

何処までか私は下りてゆく、自分の衷を。
するといままで索漠とした虚ろだと思われたところが
ふいにかすかな明るみを帯びて、そこには
光の気配さえ感じられてくるのだ。

何でもないこと、たとえば琥珀色の
液状のものを同じようにグラスから
呑み干すこと、たとえば指《ゆび》さされた

同じページの文言をともに目で辿ること、

そんな些細な光景が仄かに見えてくるとき　虚ろは
新たな意味をそこに宿すことにもなるのだろう、
意味とは光だと　きっとあなたは言うかもしれない。
夜のなかの光、　だがそれはまたべつの光だ、　消えることのない。

14 jan. '05

Ⅱ

限りなく微小なるもの

連続なのか、あるいは断続なのか、他のすべての感覚器官が働きを中止している状態のなかで、聴覚だけを充分に開いて、とどいてくるものをその速さに合せて受け取ってゆく。あるいは、ひびいてくる音の高低に、ほとんど自らリズムとなって、穏かな、見えない波の動きのままに搬ばれてゆくということかもしれない。何というやすらぎであり、何という深い静かさであることか！

どれほどの持続なのか、それはたぶん数分のことなのか、それとも十数分か。とても時間などとは呼べないあいだの、おそろしく緊密な持続でもあるように感じられる。それでいて、波に搬ばれてゆく私の意識の、それも意識などとは呼べないほどに稀薄な、しかもなお緊密な何ものかのなかに、軽い波頭に似て、浮んでは消えてゆくもの、さまざまな変転の色合いを帯びて、音の連なりとはまたべつの、ほとんど限りないほどの持続が重なり合ってくる、波の上に波が覆いかぶさるときのように。

これまで自分が経てきた久しい人生の、無数の静かなよろこびや、どのようにしてかこの持続のなかにあっては浄化されてゆく苦痛や悲哀の影たち、それらが浮き上がってきてはまた消えてゆく、波頭のように、朧げに、ときどきはまたさまざまな輪郭を描いて。凪の水面のわずかな波のうねりのままに。

ピアノの音に喚び醒まされて、何処かに蓄えられていた過去と呼ばれるおぐらい記憶の底から、一瞬だけ現れたかに感じられるもの、それは私自身のものなのか、それとも数限りなく音符を連ねてゆくものの情感なのか、そして、それは作曲者のものか、演奏者のものか、何もわからない。すべてはおそらくただひとつの不可分の全体なのかもしれない。

微妙な音の連続、リズムを搬んでゆく音の、けっして度はずれることのない高低……　いかにも自然でありながら、穏かに制御されて。

ぼんやりとした意識がかすかに問う、練達の指が空間に解き放ってゆくそのひびき、これは何なのか、と。それがやがて終ろうとする予感に顫えているのが感じられてくる、たぶん、私の〈心〉と呼ばれているものを随えて……　いまやほとんど終ろうとしている。

そして、唐突に沈黙がやって来る。だが、意識はまだ退いていった波に擒えられたままで、なおもたゆたいながら、自らは身動きしようとはしない。あるいは、身動きすることも適わないのだ。いま、終ったのだとそれから徐《おもむろ》に気がつく。ほんとうは終ってはいけなかったのに、と。またしてもぼんやりとした意識が愛惜を込めて、悔恨のように想い返す。

持続と沈黙とを隔てるこの一瞬、それはたぶん「一瞬」とも呼べないものだ。そう、まさしくこれこそは限りなく微小なるものなのかもしれない。慥かに、なお残って、しだいに遠退いてゆくひびきを止めるために、演奏者がペダルを踏む行為にたいしては、「一瞬」という間《ま》の名指しが可能だとは思う。だが、ひびきの在と不在との継ぎ目を「一瞬」と呼ぶことはできないのではあるまいか。

やがて自分に返ってそんなことを想う。ベートーヴェンの最後のハ短調ピアノ・ソナタの、最後の楽章の、最後の音が沈黙のなかにたったいま消えていってしまった、と。〈Arietta : Adagio molto, semplice e cantabile〉と指示されているあの部分だ。それが何処へか、もう失われてしまったのだ。消えていったのは、聞き手であった私の心の奥深いところにであろうか、それとも、これもまた、私がかつて「宇宙の記憶」と名づけたことのあるあの領域にであろうか。

何かが終るということは、それまでそれが在りつづけていたこととどのように隔てられているのだろうか。それまで明らかに見えていたものが唐突に消えてなくなったときの、その切れ目――あるいはそれは異なるふたつの境域の「継ぎ目」なのかもしれないが、――それを「瞬間」と呼ぶことはできるのだろうか。何ものかの〈現存〉から〈不在〉へのこうした転換の、その切断を「一瞬」という呼び方で計ることは矢張りできないような気がする。

そんなことを考えていると、これとよく似たべつの機会の想い出が私の心をよぎってゆく。

自分自身、これまでに久しい歳月を生きてきたから、幾つもの、かけがえのない微笑がこの地上世界から消えてしまったことを想い出すのだ。最後の「瞬間」には、あの人は、病床で、おそらく苦痛を覚えながらだが、それでもかすかに言いようのない明るさを表情に浮べて、こちらにむかって何か小さな合図を送り、それからもう何も言わず、何も示さなくなった。苦痛を超えたときの、安堵にも似た静かな明るさだけを残して。傍らで、白衣を纏った誰かがひとつの人生の終ったことを報せるために、その時刻を正確に「何時何分でした」と是非とも必要な儀式のように厳かに低声で私たちにむかって宣告する。

病んでいた人の意識は外に伝えられることがないまでも、あの存在のなかで、いつまで持続していたのだろうか、その朧な最後の持続のなかには、どんなイマージュが、どんな想いが浮んでは消えていったのだろうか。その意識は過ぎ去った涯しない時間を何処まで溯っていたのだろうか。そんなことを想う。

そして、唐突に、夢なのか、まぼろしなのか、そのすべてが何処か他のところにきっと搬ばれていってしまったのだ、私たちのまだ知らない他の何処かへ。おそらく、あの人は限りなく微小な一点を通過して、限りなく広大なひろがりへと解き放たれていったのだ。そして、まだ自分の知らない何処かがどんなひろがりであるのかを、ほどなく私自身も知ることになるだろう。


ずっと昔、若い頃に読んだ一人の詩人の詩の一節が想い出される、――

わが死とは
あの広い　光の海へ帆を上げてゆく
一つの影を見送りながら
その影とともに　波の奥へと消えること。

（片山敏彦「わが生とは」）

＊

窓の外では雪が降っている。

誰しもそうなのかもしれないが、雪が降り始めると、世界がすっかり変ってしまうように、子どもの頃からいつも感じていた。冷たい窓ガラスに鼻を押し付けるようにして、外の様子を眺めていると、重い灰色に閉ざされた空が千切れて、ひらひらと舞いながら落ちてくるように思ったものだ。ときには疎らに、また、ときにはひどく緻密に。そして、ずっと上のほうでは何かしら黝ずんだ塵のように見えるのだが、地上の樹木や建物の壁の傍らを斜めによぎって下りてくる頃には、それはもうどんな色ももたず、ただひたすら真っ白に沈黙を守っているのが不思議だった。

ときに速度を速めて、また、ときには緩慢に、あまり急いで地上に落下してしまうのを嫌がってでもいるかのように、すこし後戻りするみたいに舞い上がっては、郷愁を断ち切るように断念して、静かに着地する。するともう、そのひとひらはすでに地表を覆いはじめた白い層の上で、どんなふうに自己主張することもなく、ひろがりの一部となって、つぎつぎに下りてくる白い雪片をただ待ち迎えることになるのだ。

個別の雪片であるのは、空から離れて着地するまでのほんの僅かなあいだのことなのだ。風に煽られたり、時に急ぐ鳥の飛翔とぶつかりそうになったりする。樹の枝を掠めて落ちてくるもの、その枝の上にとどまって、真冬の、思いも寄らぬ花ざかりを描き出そうとするもの。雪片がかたちを失って、雪原の一部となってゆく。

窓を開けて、舞い降りてくるひとひらを掌の上に受けてみる。雪片は、それこそ一瞬だけ、この世ならぬものの言伝をそこに置くと、はやくも姿を消してゆく。残っているのはわずかばかりの水だけだ。何とすばやく〈現存〉から〈不在〉へと移行してゆくことか！　まるで私たち自身の存在のようではないか！　そして、個別の存在が落ちてゆく先は何かしら絶対の静寂、あるいは沈黙のなかなのかもしれないと、ふと、ひとりの詩人の詩句を想い浮べる。絶えず存在と死とのかかわりをうたいつづけたあのシュペルヴィエルの詩集『世界の寓話』のなかの「よき見張り」の最後の部分だ。

けれども　沈黙はぼくら自身よりもよくぼくらのことを知っている。
ぼくらが生あるものに過ぎないことを彼は心ひそかに憐れんでいる。
いつも滅びようとしている、脆いぼくらを彼は愛している。
なぜなら　ぼくらは遂には沈黙の子どもになるのだから。

彼は孤独な星の歎きについてもうたっている。ところで、雪のひとひらと天空に散らばっている無数の星のひとつとでは、どちらが恒常的で、どちらがよりいっそう果敢ないものなのだろうか。物理的な時間の尺度が意味をもつのは、どんな感覚にたいしてのことなのか。もし宇宙にもその誕生があったのならば、宇宙の寿命とはどれほどのものなのか。

詩人の口を藉りて、星が寂しげに呟くのが聞えはしないか、——「私は一筋の糸の端で顫えている、誰も私のことを想わなければ、私は存在しなくなるのだから」と。シュペルヴィエルの詩集『未知の友ら』に収められている詩篇「囲まれた住処」のなかの、この詩句が私は好きだ。ありとある存在すべてがそんなふうに顫えているのが感じられるからだ。だから、この星の顫えをそのまま私は自分の心のもののように感じるのだ。

それから、こんどはあの雪の詩人の幾つかの詩篇を想い出す。書棚から取り出したのはボヌフォワの『雪のはじまりと終り』のごく薄い一冊だ。ページを開くと、こんな詩篇に出会う。そして、私はつい今さっきの自分があの掌の感触をそのページの上に置いたのではないかと疑いたくもなるのだ。

わずかな水

私の手のひらに
舞い落ちるこの雪片に、私は
永遠を保証したいと思うのだ、
自分の生を、自分の熱を、
自分の過去を、目下のこれらの日々を
ただの一瞬、涯しないこの一瞬に変えることで。

だが　はやくも
わずかな水があるばかりで、それも失われてゆく
雪のなかを往くものたちの靄のなかで。

さらにまた、もうすこし先のページでは、詩人はこんなふうに自分の雪の日の印象を悪戯っぽくうたってみせている。彼にとっても、雪は私たちの現実の世界に何かしら日常的でないものをもたらしてくれるように感じられているのだ。

庭

雪が降っている。
舞い落ちる雪の下で　扉が
開かれる　ついに
世界以上のものの庭へと。

私は進み入る。だが　私の襟巻が
錆びた鉄柵に引っ掛かり

そのために　私の衷で
夢の生地が裂ける。

実際、詩人たちの抱くイマージュは何と多様で、豊かな感性に裏づけられていることかと私は感嘆する。彼らはこの地上的現実でのさまざまな経験から紡ぎ出した想像力の糸で織られた夢の生地を自らの衷に数限りなく蓄えていて、折あるごとに、それらを私たちのまえに展げてみせてくれるのだ。

窓の外で雪は相変らず降りつづけている。明日の朝には、すべての事物は、道も屋根も遠方の樹々も白一色の覆い布につつまれて、すべてはただひとつの全体に他ならないのだということを私たちに想い出させてくれるだろう、この上なく微小なものの夥しい集積が。絶対の沈黙が、個別の、すべての存在を覆いつつんでゆく。

目次

I

あとがき

昨年七月一日に九十三歳で逝去されたフランスの詩人イヴ・ボヌフォワは東日本大震災の年、二〇一一年の秋に刊行された彼の詩集『いま　この時』(*L'heure présente*) のなかに、同じ標題をもつ長詩一篇を収めていますが、その最後の数行で彼はつぎのように書いています。

いま　この時、諦めるな、
雷鳴のさまよう両手から　きみの語の数かずを取り戻し
それが無からことばを生むのに耳を傾けるがいい、
何にも証明されはしない確信のなかで、
敢えて試みるがいい、

絶望して死んではならないと私たちに言い遺すがいい。

いつ果てるとも知れぬ血塗れの抗争、加えて到るところで自然の大災害の襲いかかってくる私たちのこの時代を、彼は「雷鳴のさまよう両手」の空に擬えていますが、それでも私たちは「語の数かずを取り戻し／それが無からことばを生む」ように試みなければならないと言うのです。この「ことば」こそはまさに詩そのものです。また、最後の一行は彼の詩句を受け取る私たちへの悲痛な願望の表明でもありますが、自身に向けての掟の文言でもあるのでしょう。

かつてないほどに私たち自身が人間としての品位を自ら貶め、世界を破滅の淵へと追いやろうとしている、おぞましい時代だとも思われます。それでも「絶望して死んではならない」のです。

なお生きて在ることから、感謝を込めてそれを証言するための私のささやかな試みをこの一冊に取り集めてみました。

舷燈社の継続を決意された柏田幸子さんに、また、この一冊をお手に取ってくださった皆様に心よりお礼申し上げます。

二〇一七年夏

著　者

清水　茂（しみず・しげる）

1932年東京に生れる。現在、早稲田大学名誉教授

住所：埼玉県新座市あたご 3-13-33

一面の静寂

二〇一七年九月二四日初版発行
二〇一八年四月一八日二版発行
定　価——本体二〇〇〇円＋税
著　者——清水　茂
発行者——柏田　幸子
発行所——舷燈社
東京都豊島区千早一-二〇-一三　〒171-0044　電話〇三（三九五九）六九九四
振替〇〇一六〇-〇-一三六七六
印刷所——アクセス＋平河工業社
製本所——日進堂製本所
ISBN 978-4-87782-143-2　C0092